Brigitta Rudolf

Katze für Anfänger

AF140024

Brigitta Rudolf

Katze für Anfänger

Herstellung und Verlag:

BoD-Books on Demand, Norderstedt

ISBN: 978-3-7357-7431-6

Unser Teddy hat uns
seine Liebe
noch über seinen Tod
hinaus gezeigt und damit
bewiesen, dass es sich manchmal doch lohnt, an Wunder zu
glauben. Deshalb ist ihm diese
Geschichte gewidmet.

Für Teddy - In liebevoller Erinnerung.

Wir werden Dich nie vergessen.

Inhalt

Alles begann mit Igor

Ja, ich weiß, mal wieder eine Katzengeschichte, von denen es doch schon so viele gibt. Aber diese ist anders.

Igor ist der Kater unserer Tochter Sonja und ihres Mannes Frank. Die beiden wollten einen Urlaub in Amerika verbringen und hatten uns gefragt, ob wir bereit seien, uns in diesen drei Wochen um Igor zu kümmern. Igor ist ein ausgesprochen hubscher, dunkel getigerter Kater und sehr lieb. Wir waren alle ganz vernarrt in ihn. Ich hatte große Bedenken und Ängste, ob er sich hier wohlfühlen würde, ob er seine eigentliche Familie vermissen würde, und vor allem hatte ich große Sorge, dass er womöglich doch weglaufen könnte. Er kannte uns sehr gut, aber die Umgebung war ihm doch fremd.

Schließlich war es soweit, Igor zog für drei Wochen bei uns ein. Erstaunlicherweise fühlte Igor sich bei uns sofort heimisch. Kaum seiner verhassten Transportbox entkommen, erkundete er sein neues Domizil. Er akzeptierte auch sofort seine Katzentoilette und den Platz in der Küche für seinen Fressnapf und das Wasser. So konnten Sonja und Frank am nächsten Morgen, nach einem tränenreichen Abschied, doch beruhigt ihren Urlaub antreten. Wir versprachen, uns gut um ihren Liebling zu kümmern und per SMS Bericht zu erstatten, wie es Igor ginge. Er war völlig unkompliziert und schließlich konnten wir ihm sogar Freigang erlauben. Ging ich zur Hautür, lief er jedes Mal mit. Sobald ich ihm aber erklärte, dass ich erst einmal alleine gehen müsse und er später in den Garten dürfe, trottete er brav zurück ins Haus. Kam ich dann zurück, erwartete er mich oft schon an der Haustür um auf Abenteuersuche zu gehen. Abends, wenn wir vor dem Fernseher saßen, sprang er zu mir auf das Sofa und wir beide genossen unsere Kuschelstunde. Danach begleitete er uns wie selbstverständlich nach oben ins Schlafzimmer, und sobald ich im Bett lag, sprang er hinein und machte es sich am Fußende bequem. Früher hätte ich mir nie vorstellen können, ein Tier in meinem Bett zu dulden, aber Igor konnte ich einfach nicht widerstehen und hatte erst recht nicht das Herz, ihn hinauszuwerfen. Im Gegenteil; lieber steckte ich meine kalten Füße mit unter Manfreds Bettdecke, als Igor zu stören, wenn er ganz entspannt schlief. Platt, alle Viere weit von sich gestreckt, hörte man sein leises Schnarchen. Morgens war er recht früh wach und erbat sich durch leises Miauen sein Frühstück. Mir, als anerkannte Langschläferin, fiel es naturgemäß schwer, dann aufzustehen, aber natürlich durfte es Igor an nichts fehlen, und so stand ich ohne Murren für ihn auf. Wir schlossen einen Deal, der besagte, dass er frühmorgens ein erstes Frühstück bekam, ich mich danach aber noch einmal hinlegen konnte. Es klappte prima. Danach ließ er uns schlafen, bis wir von selbst aufstanden. Unser Gast benahm sich absolut mustergültig. Wir hatten so viel Freude mit ihm und waren wirklich traurig, als der Urlaub endete und Sonja und Frank ihn wieder abholten. Dieses Mal flossen bei mir die Tränen...

Danach überlegten wir zum ersten Mal, uns selbst eine Katze anzuschaffen. Langsam begann dieser Gedanke mehr und mehr Form anzunehmen. Wenn überhaupt, dann wollte ich ein Tier, das sonst keiner haben wollte. Eine Katze mit drei Beinen oder nur einem Ohr — jedenfalls wollten wir ein Tier aufnehmen, das ansonsten nur schwer ein Zuhause finden würde, soviel war uns beiden klar!

Horst: *Der Kater ist etwa zehn Jahre alt.*   FOTO: REGINA BÄUMER

Ein hübsches Kerlchen

Vlotho (nw). Der schwarze Kater Horst lebt bereits seit 1 1/2 Jahren im Tierheim Eichenhof, weil sein Frauchen erkrankte. Horst ist kastriert, gechipt und geimpft, er wird auf etwa 10 bis 13 Jahre geschätzt. Mit anderen Katzen verträgt sich der hübsche Kater mit dem traurigen Blick, er ist lieb und ruhig, aber immer noch sehr zurückhaltend gegenüber Menschen. Er liebt Freigang in dem kleinen, zum Katzenhaus gehörenden Auslauf, und kuschelt im Gras gerne mal mit anderen Katzen. Horst würde sich auch als Zweit-Kater wohlfühlen.

Wer sich für das hübsche Kerlchen interessiertk wird gebeten, sich im Tierheim Eichenhof in Vlotho unter Tel. (0 57 33) 56 65 oder *www.tierheim-vlotho.de* zu melden.

27. Nov. 2010

Neue Westfälische, Bad Oeynhausen

13

Teddy betritt die Bühne…

Seine Geschichte begann mit einer Anzeige in unserer Tageszeitung. In unregelmäßigen Abständen wurde dort für Tiere aus dem Tierheim ein neues Zuhause gesucht. Dieses Mal wurde HORST vorgestellt. Ein alter Kater, der auf ca. zehn bis dreizehn Jahre geschätzt wurde. Er lebte nun schon seit anderthalb Jahren im Tierheim Eichenhof, so hieß es im Text, und er würde wohl auch den Rest seiner Tage dort beschließen müssen, wenn sich niemand fand, der ihn aufnahm und ihm damit ein neues Zuhause gab. Ältere Tiere waren erfahrungsgemäß viel schwerer zu vermitteln als junge Kätzchen.

Die Mitarbeiter im Eichenhof waren sehr engagiert und gaben sich wirklich alle Mühe, aber gerade das Katzenhaus war ständig überfüllt, es kamen immer neue Bewohner hinzu. Die Anzeige hatte mich sofort berührt, und so schnitt ich sie aus, legte sie aber trotzdem erst einmal beiseite.

Wir hatten alle Freiheiten und waren eigentlich nicht gewillt, sie aufzugeben; denn ein Tier bedeutet ja auch, wieder neue Verpflichtungen einzugehen. …Aber andererseits….

Horst wurde als sehr zurückhaltend und verträglich beschrieben. Das hörte sich relativ unkompliziert an. Außerdem war er ein so hübsches Kerlchen! Kohlrabenschwarz, sodass er selbst im Kohlenkeller noch Schatten werfen würde, aber er hatte einen so unendlich traurigen Blick! Was mochte dieser alte Kater erlebt haben, und warum war er ins Tierheim gekommen und dort so lange geblieben? So vieles ging mir in diesen Tagen durch den Kopf.

Gemocht hatte ich Katzen schon immer, aber wie sehr ich mich zu ihnen hingezogen fühlte, wusste ich eigentlich erst, seit Igor bei uns seinen Urlaub verbracht hatte. Einige Zeit später sprachen wir mit Sonja und Frank über unsere Überlegungen. Da das Tierheim eine eigene Webseite hat, schlug Frank vor, nachzusehen, ob Horst überhaupt noch zu haben war oder womöglich doch schon vermittelt worden war. Aber nein, Horst lebte weiterhin im Eichenhof. Frank und Sonja fanden es gut, dass wir nun ernsthaft daran dachten, eine Katze bei uns aufzunehmen. Frank machte uns allerdings darauf aufmerksam, dass so ein altes Tier eventuell viel häufiger zum Tierarzt müsste und möglicherweise auch gewisse Eigenheiten haben könnte. Er hatte Recht, das war mir klar, aber ich hatte mein Herz längst an Horst verloren, auch das wusste ich! Sogar einen Namen hatte ich schon in petto. Aus Horst sollte Teddy werden. Er hatte schon viel zu lange auf uns gewartet – dessen war ich mir plötzlich ganz sicher!

Erster Besuch bei Teddy im Tierheim

Am kommenden Samstag machten wir uns dann auf den Weg ins Tierheim. Für uns war es am Ende der Welt, sehr idyllisch gelegen und auch sehr sauber und gut geführt, trotzdem schnitt uns beiden dieser Besuch tief ins Herz! Um zum Eingang zu kommen, mussten wir an einigen Gehegen vorbei. Dort saßen schon etliche Katzen, und etwas höher waren auch Zwinger für Hunde. Große und kleine Hunde aller Rassen blickten uns entgegen. Einige schauten interessiert oder traurig, wie mir schien. Etliche bellten uns einen Willkommensgruß entgegen, und alle schienen zu fragen: „Nimmst Du mich mit?"

Wir hatten uns aber schon entschieden – für Horst! Wenigstens diesen alten Kater wollten wir zu uns nehmen, um ihn hoffentlich für eine lange Zeit glücklich zu machen. Die Damen im Büro waren alle sehr nett, und eine von ihnen begleitete uns in das Katzenhaus, in dem Horst untergebracht war. Wieder ging es an einigen Hundezwingern vorbei, deren Bewohner uns zunächst hoffnungsvoll entgegenblickten und sich dann traurig abwandten, als wir weitergingen. Das Katzenhaus erwies sich als ein relativ kleiner Raum, der noch einmal unterteilt war. In dem hinteren Teil wohnte unser Horst. Auch hier herrschte drangvolle Enge. Trotzdem stand für jedes Tier ein Fressnapf bereit sowie etliche Körbchen. Höher angebrachte Sitzplätze gab es auch. Alles war sehr sauber und gepflegt. Unsere Begleiterin wies auf eine Ecke, in der Horst mit einer anderen Katze saß und uns aufmerksam entgegensah. Einige andere Katzen miauten oder strichen uns um die Beine und schnurrten. Horst erwies sich, wie beschrieben, als recht zurückhaltend. Er schaute uns nur abwartend an, als ich mich ihm vorsichtig näherte. Ich ging langsam auf ihn zu und streckte ihm meine Hand entgegen, um ihn daran schnuppern zu lassen. Leise sprach ich auf ihn ein und er schien mir wirklich zuzuhören, als ich ihn fragte, ob er mein Teddy werden wollte. Mit großen Augen schaute er mich an und legte als Antwort sein Köpfchen in meine Hand. In dem Augenblick wussten wir wohl alle, dass die Entscheidung endgültig gefallen war.

Im Büro fragten wir nach Teddys Vorgeschichte. Es schon traurig, was sein Leben bisher ausgemacht hatte. Bevor er ins Tierheim kam, lebte er bei einer alten Dame, die zwar eine große Katzenfreundin war, aber im Laufe der Zeit zu einer regelrechten Katzensammlerin geworden war.

Zeitweise sollten bei ihr zwischen fünfzig bis siebzig Katzen gelebt haben. Als sie schließlich so alt und krank wurde, dass sie in ein Pflegeheim kam, waren es noch cirka ein Dutzend Katzen, die übrig geblieben waren. Unter ihnen war unser Horst, der ab sofort den Namen Teddy tragen sollte. Lange Zeit war er gar nicht zu vermitteln, weil er kaum jemanden an sich heran ließ. Erst vor kurzem war das anders geworden, erfuhren wir. Vielleicht ahnte er, dass jetzt seine Chance gekommen war. Plötzlich ließ er sich von den Mitarbeitern des Tierheimes streicheln und wurde insgesamt sehr viel zutraulicher. So hatte man es gewagt, auch für ihn gezielt ein Zuhause zu suchen.

Wir waren beide von dieser Geschichte sehr gerührt und froh, auf diese Weise gerade auf ihn aufmerksam geworden zu sein. Wir Menschen hatten einiges gutzumachen an diesem lieben Tier.

„Er ist kein Schoßtier und wird es auch nie werden", warnte uns die Mitarbeiterin. „Das muß er bei uns auch nicht", beeilte ich mich, ihr zu versichern. Natürlich hofften wir, er würde sich mit der Zeit bei uns wohlfühlen, aber das, was er erlebt hatte, war gewiss sehr prägend gewesen. Das verstanden wir nur zu gut. Dann wurden wir gefragt, ob Teddy bei uns auch Freigänger sein könnte, und da wir einen großen Garten haben, war auch diese Frage schnell geklärt. Nur zu gern hätten wir ihn gleich mitgenommen, aber man informierte uns darüber, dass er gerade eine Antibiotikum-Spritze bekommen hatte, weil sein Zahnfleisch entzündet war, und außerdem sollte ihm noch ein Zahn gezogen werden. Die Tierärztin aus dem Eichenhof wollte das gern selbst machen, bevor er vermittelt wurde. Sie hielt es auch für besser, dass Teddy nach der Narkose in seiner gewohnten Umgebung aufwachen konnte.

Das sahen wir natürlich ein. So konnten wir Teddy erst am folgenden Wochenende abholen.

Vorbereitungen für Teddys Einzug

In den nächsten Tagen waren wir erst einmal damit beschäftigt, für ihn alles Nötige zu besorgen. Ich hatte fast das Gefühl, eine Erstausstattung für ein Baby zu kaufen. Im Tierfachgeschäft gab es eine Unmenge an Körbchen, Decken und Spielzeug zu bestaunen. Wir erzählten der netten Verkäuferin von unseren Plänen, Teddy aus dem Tierheim zu uns zu holen. Sie freute sich mit uns und gab uns gleichzeitig viele wertvolle Tipps, die ihm das Eingewöhnen erleichtern sollten.

Schließlich fuhren wir so mit allem Notwendigen schwer beladen nach Hause. Dort wurde dann sofort alles ausgepackt und Futter- und Wassernapf an dem dafür vorgesehenen Platz in der Küche untergebracht. Unsere Vorfreude war riesig und fortan war ganz klar Teddy unser allerliebstes Gesprächsthema! Natürlich mussten auch unsere Freunde vom bevorstehenden Familienzuwachs informiert werden. Alle waren begeistert und halfen mit zusätzlichen guten Tipps, Hilfsangeboten und sogar mit Sachspenden.

So kam von meiner Namensschwester und lieben Freundin Gitta ein Riesen-Paket mit einer speziellen Katzentoilette, ganz vielen unterschiedlichen Sorten Futter und auch ein kuscheliges, wunderschönes Körbchen. Es war ein ganz weiches Nestchen mit Pfötchenmuster. Es gefiel mir sehr, aber wie sich herausstellen sollte, unserem Teddy leider gar nicht. Schade! Egal, wo wir es in den nächsten Wochen auch platzieren mochten, es wurde von Teddy standhaft ignoriert.

Auch die Leckerlis, die ich hineinlegte, um ihn anzulocken, ließ er liegen. Jedenfalls so lange jemand in der Nähe war. In einem unbeobachteten Moment Jedoch nahm er sie dann doch ganz gnädig zu sich, aber das machte das schöne Körbchen letztlich auch nicht attraktiver für ihn. So stellten wir es schließlich in den Keller. Natürlich war auch Katzenliteratur zur Pflege, eventueller Krankheiten und Verhaltensweisen der Stubentiger dabei. Gitta ist eine Katzenexpertin und nennt eine ganze Pfötchenschar ihr Eigen. Dadurch hat sie im Lauf der Jahre sehr viele Erfahrungen gesammelt, das wusste ich.

Meiner alten Freundin Christhild, die in unserer Nähe wohnt, war Teddy auch aufgefallen, als er in der Zeitung vorgestellt wurde. Sie und ihr Mann Dieter hatten allerdings schon zwei Katzen, und weil eine von ihnen schon eine ältere Katzendame und auch sehr anfällig gegen Krankheiten ist, wollten sie keine dritte Katze aufnehmen. Ich hatte abends zuvor bei ihnen angerufen und Dieter von unserem Vorhaben erzählt. Da Christhild nicht zuhause war, fuhr ich zwei Tage später zu ihr, um das freudige Ereignis mit ihr zu besprechen. Als sie mir die Tür öffnete, empfing sie mich mit folgenden Worten: „Das habt ihr gut gemacht!"

Sie hatten schon lange Jahre Katzen, und einige waren auch aus dem Tierheim gekommen. So war natürlich auch an dem Nachmittag unser zu erwartendes neues Familienmitglied ganz klar das Thema Nr. Eins! Wir waren ja schon sehr aufgeregt und konnten das nächste Wochenende kaum noch erwarten. Am Freitag rief Manfred im Tierheim an, um zu erfahren, dass unser Teddy seine Zahnoperation gut überstanden hatte, aber wir sollten ihn erst am Samstagmorgen abholen. Nun gut, diesen einen Tag würden wir auch noch abwarten können.

Teddys Ankunft

Am nächsten Morgen hatte sich die Welt verändert – alles war schneeweiß. Es hatte über Nacht heftig geschneit und es sah nicht danach aus, als wollte es jemals wieder aufhören. Zum Glück war Manfred ja schon immer ein sehr sicherer und unerschrockener Autofahrer – bei jedem Wetter! So konnten uns auch Schnee und Eis nicht davon abhalten, unseren Teddy nun endlich heimzuholen und wir machten uns mit der Katzenbox im Gepäck auf den Weg.

Endlich waren wir am Ziel. Dort angekommen gab es erst mal ein Parkplatzproblem. Zu Weihnachten wollten offenbar viele Leute noch ein lebendes Geschenk abholen. Im Stillen hofften wir, dass keines der Tiere nach den Feiertagen zurückkehren würde. Wieder mussten wir an den Katzengehegen sowie einigen Hundezwingern vorbei ins Büro. Dort ging dann alles recht schnell. Wir mussten unsere Ausweise vorlegen, einen Obolus bezahlen und einen Vertrag unterschreiben, in dem wir uns verpflichteten, von nun an gut für unseren Liebling zu sorgen. Keine Frage – natürlich hatten wir die besten Vorsätze! In der Zeit, in der wir die Formalitäten erledigten, war eine Mitarbeiterin mit der Transportbox losgegangen, um Teddy zu holen. Als sie zurückkam, erzählte sie uns, dass sie Teddy gesagt hätte, dass dies sein Glückstag sei, weil er ein neues Heim bekäme. Da es für ihn nun in eine völlig neue Welt gehen würde, hatte sie ihm sein vertrautes lila Handtuch mitgegeben. Teddy schien diesen tröstlichen Worten wenig Vertrauen zu schenken. Aus der Box tönte uns klägliches Miauen entgegen. Zum Abschied bedankten wir uns noch einmal bei den netten Damen vom Tierheim und machten uns, nun zu dritt, auf den Heimweg.

Der arme Teddy schien uns erst einmal recht verstört. Man hatte ihn gepackt und in eine enge Box gesteckt, und nun fuhr er mit fremden Menschen einem ungewissen Schicksal entgegen. Unentwegt ertönte sein leises Maunzen. Um ihn zu beruhigen und mit meiner Stimme vertraut zu machen, sprach ich leise mit ihm. Ich saß neben ihm auf dem Rücksitz und versuchte, die Box möglichst ruhig   zu halten, während Manfred durch die Kurven schlitterte. Es war eine lange und anstrengende Fahrt und wir waren froh, als wir endlich zuhause ankamen. Unser Teddy hatte die ganze Zeit über herzzerreißend miaut.
Zunächst gingen wir mit ihm in unseren Keller. Dort hatten wir, direkt neben der Treppe die neue, elegante Designer - Katzentoilette aufge-

stellt. Sobald sich Teddys Gefängnistür öffnete, schoss er wie ein Blitz heraus und beschnüffelte umgehend die neue Toilette und wandte sich ab. Dieses Ding schien ihm gar nicht zu gefallen. Unser Geschenk von Gitta war praktischerweise mit einer Haube samt Türchen versehen, sodass sich die Katzen dort ungestört fühlen konnten, aber Teddy erinnerte sie wohl zu sehr an die ungeliebte Box. Wir dachten, er müsse sich erst einmal daran gewöhnen, ließen die Toilette stehen und gingen mit ihm wieder nach oben. Dort begann Teddy sofort, sich überall im Haus umzusehen. Wieder lief er laut miauend von einem Raum zum anderen und schnüffelte hier und schnupperte dort. Wir versuchten, ihm die Umstellung zu erleichtern, indem wir ganz viel mit ihm sprachen und ständig seinen neuen Namen benutzten. Wir bemühten uns sehr um ihn und er schien es zu verstehen, denn zu unserem Erstaunen ließ er sich am Abend, als er auf der Treppe nach oben saß, schon kurz von Manfred, dann von mir, streicheln.

Er schien alles sehr aufregend zu finden. Schließlich wollten wir zu Bett gehen, und Teddy lief immer noch laut maunzend durchs Haus. Wieder riefen wir ihn mit seinem Namen, an den er sich ja auch erst noch gewöhnen musste.

Irgendwann schliefen wir dann ein, während Teddy weiterhin durch das Haus geisterte. Er konnte wohl so schnell nicht zur Ruhe kommen. Es war ja auch alles sehr fremd für ihn.

Teddys neues Leben

Am nächsten Morgen stellten wir fest, dass er von seinem Futter eine Kostprobe genommen hatte, und damit hatte er seine Futterstelle auch akzeptiert. Der arme Bursche vermisste sicher seine Mitbewohner im Tierheim – hier war er ja ganz allein. Offenbar war er so aufgeregt, dass er sich in der Nacht übergeben hatte, das arme Kerlchen.

Dann gingen wir in den Keller, um nach seiner Katzentoilette zu sehen. Sie stand noch unberührt. Er hatte sich den ganzen Tag vorher schon sein Geschäft verkniffen. Aber in der Nacht ging es dann wohl nicht mehr. So hatte er stattdessen die Sisalmatte, die vor der Treppe lag, zu seiner Erleichterung benutzt. Vermutlich wollte er es dort sogar verkratzen; denn die Matte wies entsprechende Spuren auf. Wir überlegten, was am besten zu tun war, schließlich entfernten wir den Deckel der Toilette. Kurze Zeit später hörten wir Teddy im Keller rumoren, also hatte sich das Problem auch gelöst. Für diese Akzeptanz lobten wir unseren Teddy natürlich sehr. Das schien ihm so gefallen zu haben, dass er seitdem jedes Mal, wenn er sein Geschäft verrichtet hatte, sich lautstark bemerkbar machte. Ich ging dann gleich nachsehen und er schaute von der Kellertreppe aus zu, wie alles wieder gesäubert wurde. Diese Zeremonie war für ihn offenbar sehr wichtig! Passierte das nicht augenblicklich, maunzte er so lange, bis ich aufstand und ihm folgte, um ihm seinen Wunsch und Willen zu erfüllen. Das war auch besser so, denn auch wenn er nur ein paar Tröpfchen dort gelassen hatte, war seine Duftnote beträchtlich. Auch später, als er längst Freigänger war, kam er mehrmals täglich nach Hause, um seine eigene Katzentoilette zu benutzen. Diesen Luxus schien er sehr zu schätzen!

Unser Teddy war extrem reinlich und putzte sich auch ständig ausführlich sein wunderbares samtweiches, glänzendes Fell. Wie wir später bemerkten, hatte er dunkelbraunes Unterfell, was man allerdings nur sah, wenn er in der Sonne lag. Eine weitere besondere Eigenschaft unseres Teddys war, dass er jedes Mal, wenn er fressen wollte, sich mit der Pfote ein paar Körnchen aus dem Napf angelte und sie dann vom Boden auffraß. Diese Prozedur wiederholte er so lange, bis er satt war. Man hatte uns im Tierheim gesagt, es sei ratsam, immer etwas Trockenfutter bereitzustellen, nicht nur zu den regulären Fütterungszeiten. Beim Ausprobieren seiner Vorlieben bemerkten wir schnell, dass unser Teddy Nassfutter besonders schätzte. Seither bekam er es zum Frühstück und für den Rest des Tages wurde ein Napf mit Trockenfutter bereitgestellt und nach Bedarf aufgefüllt.

Bereits am dritten Abend erlebten wir mit ihm eine besondere Überraschung. Wieder einmal ertönte lautstark sein melodisches Maunzen aus dem Keller zu uns hoch. Wir antworteten, indem wir immer wieder seinen Namen riefen. Plötzlich huschte ein schwarzer Blitz ins Schlafzimmer und mit einem beherzten Sprung landete Teddy mitten zwischen Manfred und mir im Bett und kuschelte sich behaglich an mich. Verdutzt schauten wir uns an. So hatten wir uns das eigentlich nicht gedacht. Aber dieser alte Kater hatte uns so schnell sein Vertrauen geschenkt, da hatten wir nicht das Herz, ihn zu enttäuschen. Also durfte er bleiben. Leise sprachen wir noch einmal mit ihm und streichelten ihn vorsichtig. Daraufhin schloss er seine Augen und schnurrte vor Wohlbehagen. Am nächsten Morgen legte ich ein Handtuch auf Teddys Platz, und als ob er es wusste, legte er sich genau darauf. Tagsüber liebte er es, auf unserem Bett zu schlafen, aber immer auf seinem Handtuch. Wir erlebten nie, dass er auch nur ein kleines Stück daneben Platz nahm. Auch die Kuscheldecke mit dem Pfötchenmuster, die ich für ihn ins Sofa gelegt hatte, akzeptierte er sofort als seinen Platz. Dort saßen wir abends oft zu dritt vor dem Fernseher.

Seinen Kratzbaum allerdings ignorierte er standhaft, obwohl wir ihn mit Katzenminze besprüh-
ten oder auch einen Leckerli daran befestigten.
Er mochte ihn nicht, und damit basta!

Teddys Geschenke

Manfred hatte eines Tages die Idee, Teddys Namen noch einen Zusatz anzuhängen. So hieß unser Liebling künftig "Teddy Krallmann von der Worthheide" (wir wohnen in der Worthheide). Als Teddy Krallmann ließen wir ihn bei Tasso und später beim Tierarzt registrieren. Die Sprechstundenhilfen prusteten vor Lachen, aber von nun an war unser Teddy dort bekannt, selbst wenn wir nur seine Wurmkur kauften. Da wir den Burschen zunächst nicht rauslassen durften, saß er oft vor den großen Terrassentüren und schaute sehnsüchtig nach draußen. Doch erst mal war das Haus sein Revier und er folgte uns beständig überall hin. Besonders mochte er den Keller mit seinen vielen Ecken und Winkeln, die er entdecken und genauestens untersuchen musste.

Eines Abends saßen wir nichtsahnend in der Küche als aus dem Keller sein lautes Triumphgeheul zu uns herauf schallte. Erschrocken sprangen wir auf, um nachzusehen, was los war. Manfred hatte im Keller Styropor - Schnipsel gelagert, als Verpackungsmaterial für Pakete. Die hatte Teddy gefunden und er brachte einen davon als Beute mit. Er war sichtlich stolz auf seinen Fang und so holte er immer mehr von diesen „Styro - Mäusen" zum Spielen und als Geschenk für uns nach oben. Mit dieser Pseudo-Beute konnte er sich ganz wunderbar beschäftigen. Immer, wenn er wieder mal laut maunzend aus dem Keller kam, wussten wir Bescheid. Natürlich ließen wir ihm diesen Spaß!

Teddy war überhaupt ziemlich gesprächig und hatte mehrere verschiedene Tonlagen zur Verfügung, die wir später zu unterscheiden und einzuordnen lernten. Manfred nannte ihn deshalb „den Pavarotti unter den Katern". Es war wirklich interessant, ihm zuzuhören. Er konnte uns mit der Zeit ganz gut mitteilen, was er wollte. Auch am Abend, wenn er müde war und schlafen, aber nicht allein hochgehen wollte, machte er das recht deutlich. Er lief dann so lange hin und her, bis ich aufstand, um zu schauen, was er auf dem Herzen hatte. Dann lief er nach oben und wartete, ob ich mitkam. Tat ich es nicht, wiederholte sich das Spiel so lange, bis einer von uns aufgab, und meistens war ich diejenige.

Wie oft bin ich mit Teddy und einem Buch zu Bett gegangen...... Lagen wir beide dann bequem, störte ihn die Lampe nicht, und er rollte sich zusammen, blinzelte mir noch einmal liebevoll zu und schlief dann zufrieden ein. Es war sehr gemütlich für uns beide.

Mit der Zeit wurde er sehr viel zutraulicher. Seine Streicheleinheiten nahm er nach wie vor gerne auf der Treppe entgegen, wenn er zwischen uns im Bett lag, oder auf seinem Sofaplatz thronte.

So wagten wir es schließlich, unsere guten Freunde, Christhild und Dieter, zu Teddys Begrüßung einzuladen.

Er nahm auch das huldvoll zur Kenntnis und ließ sich sogar von Christhild vorsichtig streicheln. Es war ein schöner Abend, Teddy hatte sich von seiner besten Seite gezeigt und wir waren sehr zufrieden mit ihm, jedoch richtig eng schloss er sich bis zum Schluss nur Manfred und mir an.

Bei Kindern allerdings machte er eine Ausnahme. Von denen ließ er sich immer bereitwillig streicheln.

Weihnachten und Jahreswechsel mit Teddy

Nun stand der heilige Abend bevor und wir freuten uns darauf, ihn mit Sonja, Frank und Teddy zu verbringen. Für ihn begann der Tag wie alle vorigen auch. Den Weihnachtsbaum hatten wir am Tag zuvor schon aufgestellt und daran schien sich Teddy auch nicht zu stören. Nachdem das große, grüne Ungetüm ausführlich beschnuppert worden war, ließ es Teddy völlig kalt. Die darunterliegenden Geschenke wurden ebenfalls kurz beschnüffelt und danach waren sie uninteressant. Erst als bei uns nach dem Kirchgang das Auspacken der Geschenke begann, wurde ihm wohl doch das Geraschel zuviel und er verzog sich nach oben. Beim anschließenden familiären Abendessen tauchte er dann wieder auf, um den Rest des Abends mit uns gemeinsam zu verbringen. Seine und unsere Welt war wieder in Ordnung.

Sonja und Frank hatten für Teddy ein Baldriankissen mitgebracht, damit beschäftigte er sich ganz gern. Den größten Erfolg hatte Manfred allerdings mit dem „Derwisch", das war ein zusammengeknülltes Stück Papier an einer langen Schnur. Wenn er dieses Ding direkt vor Teddys

Nase tanzen ließ, sprang er entzückt hin und her und versuchte, natürlich, den „Derwisch" zu erwischen. Da Manfred nicht ständig Zeit für solche Spielchen hatte, kam er auf die glorreiche Idee, ihn oben am Treppengeländer anzubinden, sodass unser Teddy auch allein damit spielen konnte. Bald sah das Ding ziemlich ramponiert aus, aber er hatte soviel Spaß damit, und das war ja die Hauptsache.

Überrascht hat uns Teddy zu Silvester. Katzen sind ja recht geräuschempfindlich, und so wollten wir ihn auf keinen Fall allein zuhause lassen. Doch als es am späten Nachmittag dann schon vereinzelt krachte und knallte, ließ sich unser Teddy dadurch nicht aus der Ruhe bringen. Zu unserem Erstaunen störte es ihn auch nicht sonderlich, als um Mitternacht dann die wahre Hölle losbrach. Ganz ruhig blieb er auf seinem Sofaplatz sitzen und genoss sichtlich unsere Gesellschaft. Da hatte er offenbar schon ganz anderes erlebt.

Unser Teddy fühlte sich von Tag zu Tag immer mehr zuhause und so riskierten wir, nach etwa vier Wochen, ihn auch nach draußen zu lassen. Klopfenden Herzens öffneten wir ihm die Terrassentür zum Garten. Zunächst einmal orientierte er sich ganz vorsichtig, indem er die Terrasse genau untersuchte, aber dann wurde er zusehends mutiger, verschwand in den Büschen und ward erst einmal nicht mehr gesehen. Natürlich machten wir uns große Sorgen, aber er brauchte seinen Freigang, das wussten wir. Außerdem leben wir im Sommer mehr draußen als drinnen, spätestens dann hätten wir ihm sowieso die ersehnte Freiheit gewähren müssen.

Nach etwa einer Stunde kam Teddy zurück, er fraß ein wenig, benutzte seine Toilette und lief danach wieder nach draußen. Dieses Mal blieb er geschlagene drei Stunden fort, und fast dachten wir schon, er hätte sich verlaufen. Gerade als wir beratschlagten, wo wir nach ihm suchen sollten, da kam er endlich zurück. Müde, und offenbar recht zufrieden mit seinem Ausflug in die große weite Welt nahm er auf seinem Sofa Platz und schlief sofort ein. Von da an durfte er natürlich täglich nach draußen. Aber so lange blieb er nur noch selten aus. Meistens kam er sogar ziemlich schnell zurück, marschierte danach aber sofort wieder hinaus.

Er fand offenbar Gefallen am „Außendienst" in seinem Revier. Draußen ließ er sich zunächst aber nicht anfassen – auch nicht von uns. Das ist gut so, dachten wir, also keine Chance für Katzenfänger. Ansonsten wurde er von Tag zu Tag anhänglicher. Schließlich weckte er uns sogar ganz liebevoll mit einem Nasenküsschen, was unter Katzen als die höchste Auszeichnung für ihre Menschen gilt. Als ich Sonja davon erzählte, meinte sie: „Das ist die ganz große Liebe!" Wie schön, wir liebten unseren Teddy so sehr und er uns offenbar auch.

Teddys Brief an das Tierheim

Teddy hatte sich ja sehr gut bei uns eingelebt und wir mochten ihn sowieso nicht mehr missen. Deshalb kam ich auf die Idee, Teddy einen Gruß an das Tierheim schreiben zu lassen, damit man dort auch wusste, dass er bei uns gut aufgehoben war. Das fand ich sehr wichtig!

Hallo liebe Freunde vom Eichenhof,
bei Euch hieß ich Horst...
...jetzt bin ich Teddy Krallmann von der Worth-
heide, genannt Teddy!

Lange Zeit war ich bei Euch zuhause und nun
lebe ich seit einigen Wochen bei meinen neuen
Menschen in Volmerdingsen. Als ihr mich einge-
fangen, in die Transportbox gesteckt und mir
dann noch gesagt habt, dass dies mein Glücks-
tag sei, da konnte ich das gar nicht glauben. Ich
hatte einfach nur Angst!

In der neuen Heimat angekommen, musste ich
erst einmal alles ganz genau untersuchen, und
es gab eine Menge zu entdecken in dem großen
Haus. Und vor allem im Keller...

In den ersten Tagen hatte ich schreckliches
Heimweh nach Euch allen und habe viel ge-
maunzt. Meine Menschen haben ganz viel mit
mir gesprochen (und das tun sie immer noch),
und mich zu trösten versucht, aber das war
nicht das Gleiche. Da es aber gutes Essen und
einen weichen Sofaplatz für mich gab, habe ich
mich relativ schnell eingewöhnt. Auch mit mei-
nem neuen Namen habe ich mich arrangiert.
Nur mein Körbchen, das können sie hinstellen,
wo sie wollen, das brauche ich nicht. Viel lieber

schlafe ich auf einem der Betten. Inzwischen liegt eine Decke darauf und ich darf es sozusagen ganz offiziell. Ihr seht, ich habe sie auch schon ganz gut erzogen. Jetzt darf ich auch nach draußen. In unserer Wohnsiedlung liegt ein großer Garten neben dem anderen, und so gibt es viele Katzen hier. Bisher hatte ich keine Probleme mit den Nachbarn, und die meisten sind auch friedlich, so wie ich. Meine neuen Menschen sind oft zuhause, aber auch, wenn sie beide nicht da sind, weiß ich inzwischen genau, dass sie immer wiederkommen, weil sie mich sehr liebhaben! Wir freuen uns immer sehr auf unsere täglichen Kuschelstunden auf dem Sofa, davon kriegen wir alle nie genug.

Also Leute, mir geht es hier sehr gut und ich hoffe, Ihr findet bald für alle ein schönes, liebevolles Zuhause.

Es grüßt Euch

Euer Teddy Krallmann

Teddy das erste Mal allein zuhause

Bei den Streifzügen durch sein Revier hatte Teddy natürlich auch die Konkurrenz kennengelernt. Die meisten Katzen der Nachbarschaft waren ja recht friedlich, aber eine war dabei, die sehr aggressiv war. Niemand wusste, wohin sie gehörte, und da sie auch nur sporadisch auftauchte, nahmen wir an, dass sie eine wilde Streunerin war. Bevor Teddy zu uns kam, hatte ich einmal versucht, ihr etwas zu fressen zu geben, was sie auch gierig verschlang. Als ich allerdings probiert hatte, einen Schritt auf sie zuzugehen, fauchte sie mich derart empört an, dass ich es nie wieder wagte, ihr zu nahe zu kommen. Teddy mochte sie offenbar auch nicht, denn wann immer sie auftauchte, wurde sie von ihm sofort vertrieben. Wir kannten unseren „Kampfschmuser" kaum wieder, als er wie ein schwarzer Blitz hinter dem unerwünschten Eindringling herjagte. Ansonsten verhielt er sich den Nachbarkatzen gegenüber sehr freundlich und zurückhaltend. Mit Ausnahme des Katzenfräuleins Hanni, die hatte er ins Herz geschlossen, wie es schien. Da griff er zu allen Mitteln, um ihr näher zu kommen. Auch in deren Haus wurde er gesichtet, als er ihr Futter probierte, und es schien ihm zu schmecken, wie wir hörten. Hanni war sehr ängstlich und so hatte er leider wenig Erfolg bei seinem Versuch, sich mit ihr anzufreunden. Unsere Nachbarin erzählte mir auch, dass die beiden sich gegenüber gesessen hätten wie zwei Westernhelden und jeder wartete nur auf eine Reaktion des jeweils anderen – solange bis es Teddy schließlich zu langweilig wurde und er aufgab und wegging. Er wusste inzwischen ja genau, wohin er gehörte!

Er überraschte uns auch immer wieder durch seine erstaunliche Fitness. Dreizehn Jahre alt, jedoch noch immer kein „älterer Herr" – ganz im Gegenteil. Teddy fegte die größten Bäume im Garten hinauf und herunter, trank mit Vorliebe Wasser vom Garagendach und ging sogar mit dem Köpfchen unter den Küchenschrank, um mit seiner Pfote sein Papierbällchen darunter hervorzuholen. Er konnte sich ganz schlank machen, wenn nötig. Er war immer noch erstaunlich flink und wendig, unser kleiner „schwarzer Prinz", und bald kannte ihn die gesamte Nachbarschaft.

Eines Abends hatten wir Theaterkarten und kamen relativ spät zurück. Natürlich hatten wir Teddy wohlversorgt mit vollem Napf und frischem Wasser zurückgelassen. Es war das erste

Mal, dass er ganz allein zuhause blieb. Offenbar hatte er uns sehr vermisst, denn kaum, als wir zur Tür hereinkamen, schoss er uns schon entgegen und begrüßte uns lautstark. Natürlich wurde er erst einmal ausgiebig gestreichelt und gelobt, dass er so lieb gewartet hatte. Ob er wohl Angst gehabt hatte, dass wir nicht zurückkommen würden? Fast schien es so, denn seine Freude, uns wiederzuhaben, zeigte er uns sehr deutlich.

Von Kathleen, unserer Nachbarin, hatten wir eine Einladung zu einem runden Geburtstag erhalten. Also musste Teddy noch einmal ganz allein einhüten. Aber dieses Mal lief alles ganz anders. Obwohl wir viel länger ausgeblieben waren, war er sich in diesem Fall offenbar ganz sicher, dass wir ihn nicht in Stich lassen würden. Er erwartete uns ganz gelassen auf seinem Sofaplatz und freute sich, dass wir zurück waren und ging dann, ganz wie er es gewohnt war, sogleich mit uns nach oben. Es war doch sehr spät geworden und wir waren entsprechend müde. Am nächsten Morgen ließ er uns gnädigerweise prompt ausschlafen, bevor er uns mit einem liebevollen Nasenküsschen weckte. Er war ein richtiger Schatz – unser Teddy! Oder er versuchte es auf eine andere Art und Weise, indem er uns einen sanften Stoß mit dem Kopf versetzte.

Half dies auch nicht sofort, nahm er Anlauf, was ihm unter anderem den Kosenamen „Buffy" einbrachte. Wir hatten inzwischen eine ganze Reihe liebevoller Namen für ihn gefunden. „Teddicus Vierbeinicus und „Schwarzbarsch", der „Dunkelbunte" und die „liebe kleine Ledernase" waren meine Favoriten.

Teddy bekommt seinen eigenen Eingang

Unser Teddy liebte seine Freiheit über alles und so begann er nach einigen Wochen, auch nachts unruhig zu werden. Anfangs versuchten wir, dies zu ignorieren, aber Teddy machte es uns sehr deutlich, dass er unbedingt auch im Dunkeln in seinem Revier nach dem Rechten sehen musste. Also stand einer von uns etwa um vier Uhr morgens auf und ließ ihn zur Terrassentür hinaus. Etwa zwei Stunden später saß er wieder vor der Tür und begehrte Einlass. Da unser Schlafzimmerfenster über der Terrasse liegt, hörten wir ihn und ließen ihn dann wieder herein. Er schlief dann noch eine Runde, bis wir ebenfalls aufstanden. Das war natürlich auf Dauer kein Zustand, also dachten wir über den Einbau einer Katzenklappe nach. Schließlich entschieden wir, in der Kellertür eine einzubauen, damit wir nachts wieder durchschlafen und Teddy seiner Wege gehen konnte, so wie und wann immer er wollte. Zum Glück hatten wir den netten Nachbarn Holger, der über entsprechendes Werkzeug verfügte, um ein passendes Loch in die hölzerne Kellertür zu sägen. Er half Manfred auch, das Ding richtig einzusetzen. Teddy schien die neue Haustür zunächst nicht zu gefallen; er ging weiterhin zur Terrassentür ein und aus. Schließlich kamen wir auf die Idee, seine Klappe erst einmal hochzustellen, damit er ungehindert hindurch springen konnte. Das akzeptierte er allerdings sofort. Nach ein paar Tagen wurde das Wetter recht ungemütlich. Es regnete und wurde sehr stürmisch. Wir hatten zunächst nicht bemerkt, dass der Wind die Katzenklappe zugeweht hatte. Erst als Teddy „klappernd" ins Haus kam, wurden wir darauf aufmerksam. Von da an war das Problem gelöst. Teddy hatte sich auch an diese Variante gewöhnt. Wir waren darüber recht froh, denn durch die ständig geöffnete Klappe hatten auch schon ungebetene Besucher den Weg zu uns gefunden. Eine richtig dicke Schnecke kroch mir entgegen, von diversen Spinnen und Insekten ganz zu schweigen. So war es natürlich gut, dass Teddy auch das gelernt hatte. Er flitzte ständig hin und her, als hätte er es nie anders gekannt. Er genoss seine neue Unabhängigkeit sichtlich.

Da wir vor allem nachts keine anderen, ungebetenen Gäste im Haus haben wollten, richteten wir für Teddy eine „Zweitwohnung" in der Waschküche ein. Das sah so aus, dass wir dort einen zweiten kleinen Futternapf und auch Wasser deponierten, sowie eine zweite Katzentoilette aufstellten. Wenn Teddy abends, wenn wir zu

Bett gehen wollten, nicht hier war, und auch auf Rufen nicht erschien, wurde die Verbindungstür zur Waschküche geschlossen. Der Erste von uns, der morgens aufstand, machte diese Tür wieder auf und Teddy hatte wieder ungehindert Zugang zum ganzen Haus. Diese Lösung erwies sich als sehr gut, vor allem, nachdem Teddy damit begonnen hatte, uns mit „Geschenken" zu verwöhnen. Erst waren es Spinnen, später eine kleine Spitzmaus, die er mitbrachte. Er konnte stundenlang vor dem Nachbarzaun ausharren, der mit Efeu überwuchert war, und in dem er manche Beute fand. Unter einer Eibe sitzend, das war sein Lieblingsplatz, schien er zu dösen, war aber sofort hellwach, wenn sich in seiner Nähe etwas regte. Irgendwann brachte er die erste lebendige Spitzmaus mit ins Haus. Im Garten störten mich die Nager keineswegs, wir waren ja schließlich auf dem Lande, da gehörte so etwas nun einmal dazu. Im Haus hingegen war ich empfindlich. Während ich mich aus dem Geschehen zurückzog, gingen Manfred und Teddy in der Küche gemeinsam auf die Jagd. Die Tür zum Esszimmer wurde vorsorglich geschlossen und so war es nur eine Frage der Zeit, bis es vorbei war. Die arme kleine Maus hatte keine echte Chance. Da sie aber nicht dumm war, war sie zunächst hinter den Küchenschrank gelaufen, wo weder Teddy noch Manfred sie erwischen konnten. Aber irgendwann musste sie ja wieder zum Vorschein kommen, und so lag auf jeder Seite des Schrankes einer auf der Lauer und schließlich gelang es Manfred, die Maus zu erwischen. In Teddys Augen war Manfred nun wohl ein Jagdkumpel geworden. Ganz arg wurde es, als mit Teddy eines Abends eine große Taube mitbrachte. Ich war allein zuhause und las in einem Buch. Plötzlich hörte ich ein schwer definierbares Geräusch, das aus dem Keller kam.

Erst dachte ich, es sei Teddy, der mal wieder seine Katzentoilette benutzt hätte, denn wenn er Beute mitbrachte, kündigte er das in der Regel lauthals an. Weit gefehlt – dieses Mal konnte er es auch nicht, denn – und ich traute meinen Augen kaum - er trug eine lebendige, recht große Taube im Maul. Wie hatte er das nur geschafft? Er musste sie eingefangen, dann durch die Katzenklappe gezerrt und schließlich über die Kellertreppe bis zur Küche hoch geschleppt haben. Ich war fast genau so erschrocken wie die Taube, die völlig verängstigt in unserer Küche hin- und herflatterte. Teddy sah mich beifallheischend an und stimmte dann sein Triumphgeheul an. Er erwartete sicher von mir, nun besonders gelobt zu werden, schließlich hatte er sich ja mächtig ins Zeug gelegt, um mir dieses ganz besondere Geschenk zu machen! Leider konnte ich es in diesem Moment nicht würdigen, sondern begann, ihn tüchtig auszuschimpfen. Der arme Teddy – sicher konnte er momentan seine Welt nicht mehr verstehen....

Schließlich gelang es mir, die Taube ins Esszimmer zu scheuchen und Teddy in der Küche einzusperren. Die Taube hatte zwar etliche Federn gelassen, aber ernsthaft verletzt schien sie wohl nicht zu sein. Jedenfalls hatte sie nach einiger Zeit doch den Mut, zur weit geöffneten Terrassentür hinauszuflattern. Wenig später, als ich noch einmal nach ihr sehen wollte, war sie endgültig verschwunden. In unserer Küche sah es aus wie auf einem Schlachtfeld und Teddy natürlich mittendrin. Da war es dann aus mit einem ruhigen Abend. Nachdem ich alle Federn und weitere Spuren beseitigt hatte, wollte ich endlich ins Bett. Teddy war während der ganzen Zeit nicht von meiner Seite gewichen und ging dann auch mit mir nach oben. Ich hatte erwartet, dass er beleidigt gewesen wäre nach meiner Schimpftirade, jedoch wieder einmal bewies unser lieber Teddy seine wahre Größe! Er wusste ganz genau, dass ich böse mit ihm war, wenn er auch sicher nicht verstand, weshalb. Als ich das Licht löschte, sprang er, wie gewohnt, zu mir ins Bett, blieb aber ganz unten, am äußersten Fußende liegen, als ob er mir damit zeigen wollte, dass er verstanden hatte und mir mein Verhalten verzieh. Ich wusste natürlich längst, dass ich falsch reagiert hatte, aber auf eine lebende Taube im Haus war ich einfach nicht gefasst gewesen. Manfred mochte es am nächsten Tag kaum glauben, als ich ihm diese neueste „Heldentat" von Teddy erzählte - er wäre wohl zu gern dabei gewesen. Für Teddy selber waren am nächsten Tag alle Schrecken vergessen – zum Glück.

Als der Sommer kam, war unser Teddy fast nur draußen. „Im Außendienst", wie wir es nannten. Meistens kam er ja durch die Katzenklappe herein, aber wenn die Tür nach oben noch zu war, maunzte er, bis wir ihn zur Terrassentür hereinließen.

Teddy verteidigt sein Revier

Eines Morgens früh wurden wir von einem furchtbaren Gejaule geweckt. Man hörte, dass zwei Katzen miteinander kämpften, aber wir konnten nicht feststellen, wo das Ganze stattfand. Manfred war hinausgegangen, um nach Teddy zu sehen und hatte ihn auch mehrfach gerufen, aber leider vergebens. Also wussten wir nicht, ob es unser Liebling war, der in Nöten war oder nicht. Aber wir hatten beide eine böse Vorahnung....

So etwa gegen sieben Uhr konnte ich absolut nicht mehr schlafen und ging, die Zeitung aus dem Briefkasten holen und rief dann nochmals nach Teddy, weil er bis dahin noch immer nicht aufgetaucht war. Langsam machte ich mir nun doch Sorgen. Nachdem ich noch einige Male gerufen hatte, erschien Teddy endlich in der Hofeinfahrt, kam aber nicht näher. Ich sah sofort, dass er am linken Ohr blutete, aber er ließ sich absolut nicht locken, sondern verschwand im Garten und versteckte sich erst einmal. Auch auf weitere Rufe oder Klappern mit der Dose mit seinen Leckerlis tauchte er nur kurz auf, kam aber nie nahe genug heran, um ihn einzufangen. So verstört und ängstlich hatten wir ihn noch nie erlebt. Er war also ernsthaft verletzt und schien offenbar auch Schmerzen zu haben. Endlich, so gegen Mittag, gelang es Manfred doch, ihn einzufangen und in seine Box zu bugsieren, damit wir mit ihm zum Tierarzt fahren konnten. Auf dem Weg dorthin maunzte er die ganze Zeit jämmerlich. Uns brach es fast das Herz, aber wenigstens wussten wir, dass er nun fachgerechte Hilfe bekommen würde. Da wir keinen Termin hatten, mussten wir natürlich erst einmal eine Weile warten, bis wir an die Reihe kamen. So oft wir beim Tierarzt waren, war unser Teddy jedes Mal ein ganz geduldiger Patient. Er ließ sich sofort aus der Box locken und auch widerstandslos untersuchen. Leider stellte sich heraus, dass sein Gegner ihm sein Ohr regelrecht durchgebissen hatte. Außerdem wies er etliche Kratzwunden an Kopf und Bauch auf. Es war wohl wirklich ein sehr harter Kampf gewesen und so fragten wir uns natürlich, welche Wunden Teddy seinem Gegner beigebracht hatte? Sicher sah der nicht viel besser aus, vermuteten wir. So lieb Teddy uns gegenüber auch war, sein Revier verteidigte er eisern! Das wussten wir, seitdem wir einmal gesehen hatten, wie er eine fremde Katze quer durch den ganzen Garten gejagt hatte und danach triumphierend zu uns zurückgekehrt war. Zum Glück konnte der Tierarzt uns beruhigen, indem er feststellte, dass offenbar keine inneren Verletzungen vorlagen.

Es war aber auch so schlimm genug für unseren Teddy.

Der Arme war tagelang noch ängstlich und hatte sicherlich auch noch Schmerzen, trotz der Medikamente und Beruhigungsspritzen vom Tierarzt. Wir sollten noch einmal zur Nachkontrolle kommen, und das bedeutete für Teddy und uns ebenso wieder viel emotionalen Stress. In die Transportbox gesteckt zu werden war für Teddy jedes Mal der blanke Horror, da half auch kein gutes Zureden. Er sträubte sich buchstäblich mit allen vier Pfötchen gegen das Gefängnis, aber anders ging es ja nicht. Zum Glück verheilten seine Wunden gut und der Tierarzt war mit ihm zufrieden. Wir waren ebenfalls sehr erleichtert, als wir endlich wieder gen Heimat fahren und die ungeliebte Box erst einmal wieder wegstellen konnten.

Einige Wochen zuvor waren wir mit ihm auch beim Tierarzt gewesen, weil er stark humpelte. Der Arzt vermutete, er sei möglicherweise von einem Auto angefahren worden. Das erschien uns in unserer ruhigen Straße sehr unwahrscheinlich. Vielleicht war er bei einer seiner Klettertouren abgerutscht und vom Baum gefallen und hatte sich dabei verletzt. Teddy war ja nicht mehr der Jüngste, aber nichts desto trotz war er immer noch sehr mutig und kletterte unverdrossen auf die allerhöchsten Bäume in unserem Garten. Die Pfützen auf dem Garagendach übten ebenfalls einen ganz besonderen Reiz auf ihn aus. So oft er konnte spazierte er dort auf und ab und sah vergnügt auf seine Gartenwelt hinunter. Gebrochen hatte er sich zum Glück nichts, so dass wir der Natur ihren Lauf lassen konnten und nach einigen Tagen sprang er wieder fröhlich umher, wie immer! Da war es dann egal, wie er zu dieser Verletzung gekommen war.

Kurz nach seiner Rauferei fuhren wir ein drittes Mal mit ihm zum Tierarzt, weil sein rechtes Auge zu eitern begonnen hatte. Da wir seinen Behandlungstermin sehr frühzeitig hatten, wollten wir nicht riskieren, dass er eventuell nicht rechtzeitig zur Stelle war, wenn wir los wollten. In der Regel kam er auf unser Rufen angelaufen, aber es kam vor, das er schon mal weiter fort war und uns dann nicht hörte. Das wollten wir nicht riskieren, also sollte Teddy im Haus bleiben, was er gar nicht mochte. Der arme kleine Kerl! Schließlich hatte ich eine Idee. Teddy liebte es sehr, wenn ich in meinem Zimmer an meinem Schreibtisch saß, neben mir auf dem Gästebett zu schlafen. Also ging ich nach oben und begann, einen Brief zu schreiben. Wie erhofft, kam Teddy zu mir hoch und machte es sich auf seinem Platz auf dem Bett bequem. Dann blinzelte er mir noch einmal liebevoll zu und schlief dann ein. Als es dann soweit war, konnte Manfred ihn hochnehmen und in die verhasste Box stecken, fast ehe er bemerkte, was da mit ihm geschah. Natürlich ertönte dann sofort lautstarker Protest, der auch noch anhielt, als wir die Praxis betraten. Zum Glück ist der Weg dorthin nicht weit. Erst als der Arzt ihn dann aus seiner Box holte, um ihn zu untersuchen, war er sofort wieder ruhig und ließ sich widerstandslos behandeln. Dieses Mal hatte er sich eine Hornhautverletzung zugezogen. Da er ja Freigänger war, konnte er sich durchaus im Garten an einem Strauch verletzt haben. Der Arzt riet uns, möglichst viermal pro Tag eine Salbe in sein Auge zu bringen und nach einigen Tagen zur Kontrolle wiederzukommen. Das war eine Prozedur – für uns alle! Leider schafften wir das nur sehr unregelmäßig. Trotzdem war es beim nächsten Termin besser und wir hofften, dass nun alles überstanden wäre. Das erwies sich leider als Irrtum. Wir hatten die Salbe wohl doch nicht oft genug angewandt, um das Auge zu behandeln. Ein paar Tage später war das Auge wieder voller Eiter und wir mussten uns erneut beim Tierarzt anmelden. Die Diagnose war die gleiche und die Behandlung auch. Dieses Mal wollten wir auf jeden Fall alles richtig machen, mindestens zweimal am Tag mussten wir unseren Teddy mit der Augensalbe traktieren – es ging nicht anders! Schließlich hatten wir eine Strategie entwickelt, indem ich ihn auf den Arm nahm und Manfred dann die Salbe in sein Auge schmierte. Der arme Teddy tat uns sooo leid! Er bekam dann zwar immer ein Leckerli zum Trost, und auch viele Streicheleinheiten, aber dennoch lief er ganz oft fort, wenn wir ihm zu nahe kamen und hatte offensichtlich auch vor uns Angst. Wir litten alle drei arg unter der Situation, aber es half ja nichts, denn eine andere Behandlungsmöglichkeit gab es nicht.

Manfred konnte nur mit viel Mühe überredet werden, diese Behandlung weiterzuführen, aber ich machte mir große Vorwürfe, weil wir nicht sofort konsequenter gewesen waren - so dauerte es umso länger.

Inzwischen ertrug unser Teddy diese Prozedur wirklich heldenhaft; vielleicht hatte er selbst eine Besserung gespürt und merkte, dass wir ihm ja nur helfen wollten. Endlich, nach einer weiteren Woche war das Auge wieder ganz klar und wir atmeten alle erleichtert auf!

Teddy meldet sich noch mal zu Wort...

Hallo, hier ist Teddy Krallmann persönlich. Es wird doch mal wieder Zeit, dass ich mich zu Wort melde! Jetzt bin ich schon einige Monate in meinem neuen Zuhause und langsam kenne ich jeden Winkel in meinem Revier. Ich möchte es auch gar nicht mehr anders haben, denn meine Menschen sind sehr lieb zu mir und verwöhnen mich, so gut sie es können. Sie haben nun auch verstanden, dass ich am allerliebsten Nassfutter mag und so bekomme ich es regelmäßig zum Frühstück serviert. Da wir nicht dieselbe Sprache sprechen, ist es ja oft etwas mühselig, ihnen klar zu machen, was ich möchte. Manchmal klappt es besser und dann auch wieder nicht so gut. Sie geben sich Mühe — was will man mehr erwarten? Das tue ich meinerseits aber auch! Ich habe schon oft tolle Geschenke mitgebracht, aber was war der Dank? Ausgeschimpft wurde ich von ihnen anstatt gelobt zu werden, wie ich es erhofft hatte. Ich wollte ihnen doch nur eine Freude machen - vor allem mit der schönen, dicken Taube. Wie habe ich mich damit abgeschleppt! Na ja, ich probiere es mal eine Weile ohne Geschenke, das ist vielleicht besser.

Mein Revier verteidige ich natürlich eisern, deshalb hatte ich ja auch diese Mordskeilerei. Zugegeben, da habe ich ja auch ganz schön einstecken müssen, aber ihr habt meinen Rivalen nicht gesehen! Der lässt sich so schnell hier nicht wieder blicken. Brigitta und Manfred waren in großer Sorge um mich, deshalb habe ich es ihnen ja auch verziehen, dass sie mich wieder in die Box gesteckt und zum Tierarzt gebracht haben. Ich wollte zunächst nur meine Ruhe haben und mich von niemandem anfassen lassen, aber ich glaube, das haben sie erstmal nicht verstanden.

Ich mag es auch nicht sehr, wenn Besuch kommt, der mich womöglich noch streicheln will. Da bin ich immer misstrauisch, außer wenn es sich um Kinder handelt. Meine beiden Menschen reichen mir. Am liebsten habe ich sie, wenn wir abends gemeinsam nach oben gehen. Dann wird immer gekuschelt, bevor wir einschlafen.

Nachts würde ich gern die ganze Zeit draußen verbringen, aber seitdem ich in den frühen Morgenstunden diese Rauferei hatte, versuchen sie,

mich im Dunklen möglichst drinnen zu halten.
Ein paar Tage habe ich das ja mitgemacht, aber
als es mir wieder gut ging, habe ich nachts so
ein Theater gemacht, dass sie mich doch wieder
rausgelassen haben. War auch besser so!

Außerdem hatten sie die gute Idee, mir im Kel-
ler, in der Waschküche, noch eine Toilette auf-
zustellen und wenn ich nachts auf die Pirsch
gehen möchte, kann ich dort auch etwas trinken
und einen kleinen Imbiss nehmen. Dafür wecke
ich sie etwas später. Wenn sie mal vergessen
haben, die Tür nach oben zu öffnen, dann
maunze ich eben draußen vor der Terrassentür,
und bisher haben sie es ja immer gehört und
mich reingelassen. Ich höre es ja auch, wenn sie
mich rufen und komme dann meistens, um
ihnen eine Freude zu machen. Es gibt aber auch
Tage, da stelle ich mich taub, wenn ich keine
Lust habe, zu kommen oder wenn sie mich wie-
der mit einem Besuch beim Tierarzt geärgert
haben. So wie neulich, als ich mir unter dem
Busch diese Augenverletzung zugezogen habe.
Sie sollten mir viermal amTag die Salbe in
mein Auge schmieren - igitt! Das habe ich nur
schwer ertragen und auch nur mit List und Tü-
cke – und das zählt nicht als freiwillig für mich.
Ich bin so gespannt, was ich hier alles noch erle-
ben werde! Jedenfalls bin ich bis jetzt ganz zu-

frieden damit, wie ich sie erzogen habe, und den Rest kriege ich auch noch hin!

Mein Lieblingsplatz...

Letzte Tage mit Teddy

Mit der Zeit wurde unser Teddy mehr und mehr zum „Draußen-Kater". Tagsüber lag er oft auf seinem erklärten Lieblingsplatz unter der großen Eibe neben der Hofeinfahrt. Von dort hatte er alles im Blick, wurde selbst aber nicht sofort entdeckt. Sobald wir nach Hause kamen, lief er uns entgegen, um uns zu begrüßen. Zwischendurch kam er ins Haus, um ein paar Häppchen zu sich zu nehmen oder seine Toilette zu benutzen. Danach achtete er, wie immer, sorgsam darauf, dass ich sie sofort wieder säuberte, und dann marschierte er zu seinem Lieblingsplatz zurück und nahm seinen Beobachtungsposten wieder auf.

Abends war er nur schwer ins Haus zu bekommen, und wenn wir es geschafft hatten, mussten wir schnellstens alle Türen schließen, damit er nicht wieder entwischte. Wenn er dann merkte, dass alles dicht war, maunzte er noch eine Weile, fand sich dann aber mit seinem Schicksal ab. Meistens war es dann aber auch schon so spät, dass mindestens einer von uns nach oben ging, und dann kam Teddy ja sowieso mit. Meistens weckte er uns dann ja irgendwann in der Nacht, um erneut auf die Pirsch zu gehen. Daran hatten wir uns mittlerweile ja auch schon gewöhnt.

Dann kam der Sonntag, an dem wir schon fürchteten, dass wir ihn verloren hätten.

Wir waren unterwegs gewesen und entgegen seiner Gewohnheit kam kein Teddy, um uns zu begrüßen. Auch unser Rufen half nicht und sehr beunruhigt ging Manfred schließlich los, um ihn zu suchen. Wir hatten zuvor das Haus bereits abgesucht, so dachten wir jedenfalls. Einer Eingebung folgend ging ich trotzdem noch mal in den Keller und öffnete alle Türen noch einmal. Ich rief auch seinen Namen, und siehe da, wer kam mir aus dem warmen Heizungskeller etwas verschlafen entgegengewackelt? Unser Teddy! Er musste schon mittags dort hineingelaufen sein und einer von uns hatte die Tür geschlossen, ohne zu bemerken, dass unser schwarzer Liebling mit hineingeschlüpft war. Wir waren überglücklich, ihn wieder zu haben und ahnten nicht, dass uns von da an nur noch ein paar glückliche Tage mit Teddy bleiben würden. Aber erst einmal musste der verlorene Sohn mit einem Extra-Leckerli für seine unfreiwillige Gefangenschaft entlohnt werden. Das nahm er natürlich dankend an, um anschließend sofort seine Freiheit wieder ausführlich zu genießen und den am Nachmittag versäumten Inspektionsgang in seinem Revier nachzuholen. Glücklich rannte er in den Garten und kam erst spät zurück.

Wir gönnten wir ihm diese ersehnte Freiheit natürlich von ganzem Herzen!

Abschied von Teddy

Ja, und dann kam die lange, lange Nacht, von der es mir zu berichten unendlich schwer fällt. Es war ein schöner Sommertag gewesen, und auch am Abend noch recht mild, sodass ich alle Terrassentüren offen ließ und mir noch einen alten Krimi ansah. Teddy kam zwischendurch zu mir herein, um noch einmal seinem Napf einen Besuch abzustatten, und lief dann wieder hinaus – hätte ich ihn nur zurückgehalten!

Nachdem der Film vorbei war, wollte ich nach oben und ging nach draußen, um Teddy zu rufen. Aber er kam nicht, auch als ich etwas später mit einer Futterdose klappernd nach ihm rief, kam er nicht. Seine abendliche Ausgehzeit war längst überschritten und es wurde dunkel. Mich überkam eine böse Ahnung und meine Rufe wurden immer leiser. Da ich allein war, wollte ich auch nicht aus dem Haus gehen, falls er käme, und wo sollte ich ihn auch suchen?

Stunde um Stunde verging, ohne dass unser lieber Teddy auftauchte. Schlafen konnte ich auf keinen Fall und so setzte ich mich an meinen Schreibtisch, um meiner Freundin, die mit ihrem Mann im Sauerland lebt, einen langen Brief zu schreiben. Immer wieder ging ich zwischendurch in den Garten, um nach ihm Ausschau zu halten, bzw. zu horchen, ob irgendwo ein Kampf stattfand. Aber damit konnte ich mich nicht wirklich ablenken – im Grunde wusste ich, dass etwas passiert sein musste, sonst wäre Teddy längst wieder aufgetaucht. Er kam sonst immer nach Hause!

Endlich wurde es hell und ich machte mich noch einmal etwas frisch und ging dann los, um Teddy zu suchen. In unserer Straße wurde gerade ein neues Haus gebaut und obwohl ich im Grunde meines Herzens wusste, dass Teddy dort nicht zu finden sein würde, ging ich erstmal dort nachsehen, ob er vielleicht in die Baugrube gestürzt wäre und nicht alleine wieder herauskäme. Dann hätte er aber sicher auf mein Rufen reagiert. Natürlich fand sich dort keine Spur von ihm. Da er wie alle Katzen sehr neugierig war, hatte ich auch noch die unsinnige Hoffnung, dass er wieder irgendwo eingesperrt worden war, zum Beispiel in der Garage eines unserer Nachbarn. Aber so früh mochte ich auch niemanden aus dem Bett klingeln. Also suchte ich weiter, mit angstvoll klopfendem Herzen, eine Straße nach der anderen ab. Schließlich sah ich an der Landstraße, die zu unserer kleinen Wohnstraße parallel verläuft, plötzlich einen dicken, schwarzen Fleck im Straßengraben, und meine Angst wurde zur traurigen Gewissheit. Weinend lief ich auf die Stelle zu, an der unser Teddy lag. Eine schwache Hoffnung, er möge nur schwer verletzt sein, erstarb, als ich näher kam. Er war mitten im Lauf gestoppt worden und schon ganz steif. Eine sehr kleine Stelle am Kopf zeigte, dass er dort wohl den tödlichen Schlag erhalten hatte. Ansonsten sah er aus wie immer. Seine schönen, lieben Augen sahen mich an und ich wusste, ihm war schon lange nicht mehr zu helfen gewesen. Ob er mein Rufen wohl noch gehört hatte?

Ich machte mir die größten Vorwürfe, nicht doch am Abend losgegangen zu sein – er war so nahe bei seinem Zuhause gestorben, vielleicht sogar auf dem Weg zurück? Das würde ich mir niemals verzeihen, das wusste ich! Es war ja noch sehr früh, aber ich versuchte trotzdem, Manfred anzurufen, um ihm die traurige Nachricht mitzuteilen. Erst nahm er sein Handy gar nicht ab, aber ich wählte immer wieder seine Nummer, bis er sich endlich ganz verschlafen meldete. Schluchzend berichtete ich ihm, was geschehen war. Manfred wollte es erst kaum glauben und versprach mir dann aber, sofort nach Hause zu kommen. Da er im Rheinland war, brauchte er etwas mehr als zwei Stunden für den Heimweg.

Ich wusste, ich würde es nie schaffen, Teddy ohne Hilfe nach Hause zu holen und wollte ihn aber keinesfalls dort allein im Straßengraben liegen lassen. Meine Schwester und ihr Mann Volker wohnen am gleichen Ort wie wir, und so schien es am besten, dort anzurufen und um Hilfe zu bitten. Ich wusste, dass Volker ein absoluter Frühaufsteher ist und glücklicherweise war er auch gleich selbst am Telefon. Er versprach mir, sofort zu kommen. Die Zeit, bis er eintraf, erschien mir endlos lang.

So blieb ich weinend neben Teddy im Straßengraben sitzen, bis er kam. Etliche Autos, wohl auf dem Weg zur Arbeit, rauschten an uns vorbei, ohne davon Notiz zu nehmen, was sich am Straßenrand abspielte. Dann kam Volker endlich und hatte auch daran gedacht, für Teddy eine Kiste mitzubringen. In diese betteten wir ihn und fuhren dann mit ihm nach Hause.

Netterweise blieb Volker noch eine Weile, bis er dann wieder heimwärts fuhr. Danach holte ich die Kiste mit Teddy in den hinteren Garten, um dort auf Manfred zu warten. Ich wollte Teddy auf keinen Fall noch einmal allein lassen. Inzwischen war die Sonne recht kräftig hervorgekommen und es wurde warm. Wie hätte Teddy einen so schönen Tag im Garten genossen..., zumal ganz viele Vögel sangen und etliche Schmetterlinge durch den Garten tanzten.

Endlich hörte ich Manfreds Auto auf den Hof fahren, er hatte sich sehr beeilt, um zu uns zu kommen und war auch sehr traurig! Unser Teddy war uns beiden in den wenigen Monaten, in denen wir ihn haben durften, so sehr ans Herz gewachsen, dass wir es uns kaum vorstellen konnten, dass er nun nie mehr durch das Haus und unseren Garten streifen würde.

Manfred meinte, ebenso wie Volker, dass er offenbar einen heftigen Schlag an den Kopf bekommen hatte und wohl sofort tot gewesen sei. Das konnte mich natürlich nicht wirklich trösten, obwohl es sicher noch schlimmer gewesen wäre, wenn er noch mehr gelitten hätte.

Dann kam auch meine Freundin Birgit, die ich früh morgens angerufen hatte, und ebenso Sonja und Frank.

Dass wir unseren Teddy auf jeden Fall in unserer Nähe behalten wollten, war eine klare Sache, und so suchten wir im Garten einen schönen Platz für seine letzte Ruhestätte aus. Die Wahl fiel auf ein sonniges Plätzchen an unserer Esszimmerterrasse. Dort hatte er so gern zwischen den Rosenbüschen gelegen. Ich mochte mich kaum von ihm trennen, sah aber ein, dass es notwendig war. Frank und Manfred hoben ein Loch aus und Teddy wurde in seine Lieblingsdecke gewickelt, darin begraben. Ich dachte daran, wie oft er auf dieser Decke neben mir auf dem Sofa gelegen hatte und sich streicheln ließ bis er eingeschlafen war. Bei all diesen Erinnerungen flossen meine Tränen unaufhörlich! So viele Tränen ich um ihn auch geweint habe – er war jede einzelne wert und noch viele, viele mehr…

Später, als alle gegangen waren, ging ich noch einmal zu Teddys Grab und versprach ihm, ihn niemals zu vergessen, und ich weiß, das wird auch niemals geschehen!

Teddys letzte Grüße

Plötzlich war das Haus so leer, und auch wenn meine Freundin Gitta mir vorgeschlagen hatte, nach einiger Zeit noch einmal eine andere Katze aufzunehmen, wusste ich, dass ich das nicht so einfach tun konnte. Es wäre mir wie ein Verrat an Teddy vorgekommen.

Sehr traurig beschlossen wir, am nächsten Tag die Sachen von Teddy dem Tierheim zu spenden. Also packte ich alles zusammen. Seine Futtervorräte, die wir noch hatten, sein Spielzeug und die wunderschönen blau bemalten Futternäpfe, die wir seinerzeit so liebevoll ausgesucht hatten. Jedes einzelne Teil erinnerte mich an unseren Schatz und natürlich flossen wieder reichlich Tränen! Sehr schweren Herzens machten wir uns schließlich auf den Weg.

Unterwegs kamen wir an einem großen Feld vorbei, und plötzlich sah ich mitten darauf eine kleine schwarze Katze sitzen – so als wollte Teddy uns noch einmal auf Wiedersehen sagen. Natürlich bat ich Manfred, sofort anzuhalten, damit ich aussteigen konnte. Ich hätte mir die kleine, schwarze Katze zu gerne genauer angesehen und wollte sie rufen. Sie schaute zwar hoch, machte aber keinerlei Anstalten, näher zu kommen, und als ich mich ihr vorsichtig zu nähern versuchte, lief sie ängstlich zurück. Also gab ich es auf, denn ich wollte sie natürlich nicht verscheuchen.

Nach langer Fahrt standen wir dann wieder vor dem Tierheim und luden das Auto aus, um Teddys Nachlass dort im Büro abzugeben. Wieder mussten wir an einigen Katzengehegen vorbei und natürlich fiel mein Blick dort als allererstes auf eine große schwarze Katze, die uns allerdings den Rücken zudrehte und von hinten genau so aussah wie unser Teddy. Fast im gleichen Moment hielt Manfred mir einen weißen Schmetterlingssticker entgegen, den er auf dem Fußboden gefunden hatte. Wieder ein Gruß von Teddy!

Die Mitarbeiterinnen im Büro sahen uns sofort an, dass wir keine guten Nachrichten mitbrachten und natürlich erinnerten sie sich auch noch an Teddy, den sie ja als „Horst" gekannt hatten. Wir berichteten traurig, wie wir unseren Teddy verloren hatten. Leider passiert so etwas häufiger, wie man uns erzählte. Die Damen im Büro waren voller Mitgefühl und versuchten, auf wirklich sehr nette Weise, uns zu trösten. Eine von ihnen erinnerte sich daran, dass sie von Teddy eine Fotoserie gemacht hatte, als er in der Zeitung vorgestellt werden sollte. Sie versprach, uns diese Bilder per Email zuzusenden. Unsere Spenden konnten sie recht gut gebrauchen – vor allem das Futter natürlich und auch für die schönen bemalten Fress- und Wassernäpfe sowie das Spielzeug würde man ganz schnell Abnehmer finden. Alle verstanden, dass wir auf gar keinen Fall sofort eine andere Katze mitnehmen wollten und uns zu dem Zeitpunkt sowieso nicht vorstellen konnten, jemals ein Tier wieder so fest ins Herz zu schließen wie unseren lieben alten Teddy. Traurig fuhren wir zurück in ein zuhause, welches uns plötzlich so schrecklich leer erschien.

Am späten Nachmittag bekamen wir die versprochenen Fotos von Teddy aus dem Tierheim. Es waren wunderschöne Aufnahmen darunter und ich beschloss später, ein Fotoalbum damit anzulegen. Wir hatten Teddy natürlich auch öfter fotografiert und mit diesen Aufnahmen zusammen waren es so viele Bilder, dass wir davon ein Album voll bekommen würden. Noch fehlte mir die Energie dazu, aber es würde mich sicher irgendwann trösten, diese Bilder anzusehen und mich an die schöne Zeit mit Teddy zu erinnern! Zwei Tage nach Teddys Tod klingelte es an unserer Haustür und unsere Nachbarin Lena stand mit ihrem vierjährigen Sohn Paul vor der Tür. Es hatte sich blitzschnell in unserer kleinen Straße verbreitet, was geschehen war und die beiden kamen netterweise, um mich zu trösten. Außerdem wollte Paul gern Teddys Grab anschauen. Schon als ich die Tür öffnete, bemerkte Lena, dass es mir sehr schlecht ging und nahm mich sofort in die Arme mit den Worten: „Oh je, das geht ja gar nicht! Sollen wir ein andermal wiederkommen?" Das wollte ich natürlich nicht und so gingen wir gemeinsam zur Terrasse, wo unser Teddy begraben lag. Lena erklärte ihrem Sohn, dass Teddy von einem Auto überfahren worden war und dass er möglicherweise nicht gut genug aufgepasst hätte… Das war sicher pädagogisch völlig richtig, aber mich trafen ihre Worte tief ins Herz. Hatte Teddy überhaupt eine Chance gehabt? Diese Straße war gar nicht so stark befahren, aber die meisten Autofahrer gaben auf der geraden Strecke natürlich Gas. Es war sicher besser, dass wir nicht wussten, wer unserem „schwarzen Prinzen" das angetan hatte. Ich wusste nicht, wie ich ansonsten reagiert hätte!

Ich erzählte Lena und Paul auch, dass wir sozusagen Abschiedsgrüße von Teddy erhalten hätten, als wir im Tierheim und auch auf dem Feld jeweils eine schwarze Katze gesehen hatten. „Das war dann so, als würde Teddy noch mal Winke – Winke machen", meinte sie. Ja, so empfand ich das auch. Lena und Paul waren natürlich ebenfalls traurig und verstanden es auch sehr gut, dass wir unseren Teddy nicht durch eine andere Katze ersetzen wollten und konnten.

In den folgenden Tagen schrieb ich an unseren Tierarzt und teilte ihm mit, dass wir mit Teddy leider nicht mehr kommen konnten. Auch an die Organisation Tasso, bei der Teddy registriert worden war, meldeten wir ihn ab. Er sollte dort keinesfalls auch noch als Karteileiche enden.

Teddy galt morgens mein erster und abends mein letzter Gedanke und an jedem Tag sandte er mir ebenfalls seine Grüße. Setzte ich mich hin, um mich mit der Lektüre einer Zeitschrift abzulenken, fand ich nach einigen Seiten ein Foto von einem schwarzen Stubentiger. Es war eine Wohnzeitschrift, und der schwarze Kater in der Reportage gehörte zu der vorgestellten Familie. Natürlich war er ebenfalls ein sehr geliebtes Familienmitglied und verdiente somit ein Extrafoto und einige Zeilen im Text. Wie beneidete ich in dem Moment diese offenbar sehr glückliche Familie! Die Lücke, die Teddys Tod in mir gerissen hatte, war so unendlich groß, wie ich es mir nie hätte vorstellen können.

Am Tag darauf wollte ich mir im Fernsehen eine Komödie anschauen. Es war ein netter Film, bis auch dort, zwar nur in einer kurzen Szene, eine kohlrabenschwarze große Katze durch das Bild lief. Und neben mir war der Sofaplatz so schrecklich leer. Wieder konnte ich meine Tränen nicht zurückhalten. Von dem Film bekam ich dann auch nicht mehr viel mit.

Dann fuhr ich zum Einkaufen und sah plötzlich auf dem Heimweg im Straßengraben ein kleines, schwarzes Kätzchen sitzen. Direkt an der viel befahrenen Hauptstraße durch unser Dorf. Ich konnte nicht anders, ich hielt an, um auszusteigen und mir die Kleine anzusehen, die regungslos sitzenblieb. Sie sah aus wie eine jüngere Ausgabe von Teddy und sah mich mit ihren großen Augen nur abwartend an, als ich mich zu ihr hinunterbeugte. Sie schien auch keinesfalls ängstlich zu sein. Ich streichelte sie vorsichtig und begann, leise mit ihr zu sprechen. Das schien ihr zu gefallen, denn sie machte keinerlei Anstalten, fortzulaufen Die anderen Autofahrer, die währenddessen an uns vorbeifuhren, werden sich sicher gewundert haben, aber das war mir völlig egal. Ich hockte neben dem kleinen, zutraulichen schwarzen Wesen und erzählte ihm von meinem Kummer und bat es, sehr gut auf sich aufzupassen an dieser verkehrsreichen Straße. Die kleine Katze sah mich mit ihren schönen, großen Augen unverwandt an, so als hätte sie jedes Wort verstanden. Schließlich streichelte ich sie noch ein letztes Mal, verabschiedete mich von ihr und fuhr dann endlich nach Hause. Obwohl ich öfter in diesen Supermarkt fahre, habe ich die kleine Katze dort niemals wieder gesehen

Es war fast schon unheimlich, aber doch auch schön, Teddys Nähe auf diese Weise immer noch zu spüren. Dieses ging über vierzehn Tage so, bis dann sein letzter und größter Liebesbeweis in Form eines total abgemagerten, kleinen, schwarzen Kätzchens auf den Hof gewackelt kam.

Ein überraschender Neuanfang

Es war Freitagabend und Manfred hatte sich bereits fertig gemacht, um sich mit Freunden zu einer Radtour zu treffen. Er war noch recht früh dran und hatte sich deshalb noch einen Moment auf die Terrasse gesetzt. Ich war oben im Bad und hörte ihn sehr aufgeregt nach mir rufen. In der Annahme, es sei etwas passiert, eilte ich nach unten und sah gerade noch, wie unsere Nachbarin Anke den Hof betrat und mit ihr eine kleine schwarze Katze. Im allerersten Moment dachte ich, Teddy sei zurückgekehrt – was natürlich völlig unmöglich war. Beim Näherkommen sah ich, dass das kleine Wesen einen kleinen weißen Fleck vor der Brust hatte, aber sonst sah es genau so aus wie unser Teddy!

Natürlich flossen wieder reichlich Tränen – so viel geweint wie in diesen Tagen hatte ich vorher wirklich selten. Anke berichtete, dass die kleine Katze plötzlich in ihrer Wohnung aufgetaucht sei und offensichtlich auf der Suche nach Anschluss war. Sie wollte und konnte sie nicht behalten, obwohl sie eine große Katzenfreundin ist.

Zu allererst fragten wir in der Nachbarschaft nach, ob jemand die kleine schwarze Katze kannte oder sie gar irgendwo vermisst wurde. Aber das blieb ohne Erfolg. Manfred war inzwischen zu seiner Radtour aufgebrochen und überließ mir die Entscheidung, was mit unserem Schützling geschehen sollte. Weil wir unser restliches Futter dem Tierheim gespendet hatten, wollte unsere Nachbarin Dagmar uns zunächst mit einer Portion Futter aushelfen. Auch Sonja wurde angerufen und versprach, sofort vorbeizukommen. Da Anke inzwischen gegangen war, wartete ich mit der kleinen Katze allein auf Dagmar und Sonja.

Wie alle Katzen war die Kleine recht neugierig und marschierte durch die Terrassentür ins Esszimmer und schließlich wurden auch Wohnzimmer und Küche erkundet, bevor sie zu mir zurückkehrte. Dagmar erschien als Erste und brachte eine Packung Nassfutter mit, sowie etwas Trockenfutter.

Zunächst wurde das Nassfutter serviert und war im null Komma nichts von der Untertasse verschwunden. Die leere Packung hatten wir beiseite gelegt und sahen zu unserem Erstaunen, dass die kleine Katze versuchte, sie zu durchlöchern, um auch noch den letzten Rest der Flüssigkeit herauszuholen. Die folgende Portion trockener Körnchen verschwand ebenfalls blitzschnell und die kleine Katze schien immer noch nicht satt zu sein.

Inzwischen war auch Sonja angekommen und wuchtete sich hochschwanger aus dem Auto. Sie hatte uns noch mehr Futter und auch Katzenstreu mitgebracht, was natürlich beides sehr willkommen war. Sie staunte ebenso wie wir über die große Ähnlichkeit mit Teddy. Ich hatte diese kleine, heimatlose schwarze Katze schon sehr schnell ins Herz geschlossen. Teddy durch eine andere Katze zu ersetzen, wäre nie in Frage gekommen, aber ich hatte mich trotz allem schon bei der unsinnigen Hoffnung ertappt, dass eines Tages vielleicht eine andere, herrenlose Katze den Weg zu uns finden würde. So einem armen hilflosen Wesen könnte ich dann so viel Liebe geben. Genau das war jetzt geschehen.

Dagmar wusste von meinem Schmerz um Teddy und fragte mich, ob ich mir das wirklich noch einmal antun wollte, eine Katze aufzunehmen und damit ja irgendwann leider noch einmal die gleiche Traurigkeit erleben würde, wenn ich sie wieder hergeben müsste. Damit hatte sie natürlich vollkommen Recht, aber trotzdem war mir längst klar, wenn niemand sie vermissen würde, dann wollten wir diesem Kätzchen ein liebevolles Zuhause geben. Auch Sonja warnte mich, mein Herz zu sehr an diese kleine Katze zu hängen, für den Fall, dass ihre Familie ausfindig gemacht werden könnte. Schließlich waren Dagmar und

Sonja wieder gegangen und ich wollte auch ins Haus, weil es inzwischen empfindlich kühl geworden war. Ganz selbstverständlich kam die kleine Katze mit hinein und ebenso selbstverständlich ging sie mit ins Wohnzimmer und legte sich neben mich auf das Sofa – genau auf den Platz, auf dem Teddy so oft neben mir gelegen hatte. Endlich satt und offenbar sehr zufrieden rollte sie sich ein, blinzelte mir noch einmal zu und schlief dann erschöpft ein. Später rief Manfred an, um sich zu erkundigen, was mit der kleinen Katze nun geschehen war. Glücklich erzählte ich ihm, dass sich das kleine Kerlchen schon ganz wie zuhause zu fühlen schien. Das freute ihn ebenso sehr wie mich.

In dem Moment wusste ich ganz genau, dass es Teddy gewesen war, der mir dieses hilflose kleine Kätzchen gesandt hatte, damit ich aufhören konnte, um ihn zu weinen! Es war sein allerletzter Gruß an uns – aus einer anderen, sehr fernen Welt. Ich wusste auch, dass ich, sollte es nötig sein, für diese kleine Katze kämpfen würde, um sie zu behalten. Weitere Versuche, eventuelle Besitzer ausfindig zu machen, sind zum Glück gescheitert. Es hat monatelang gedauert, bis ich wieder eine schwarze Katze sah – Teddy war endgültig gegangen....

Inzwischen lebt die kleine Katze schon seit über zwei Jahren bei uns, hat sich als kastrierter Kater herausgestellt und heißt **Jonny**.

Aber der ist eine ganz eigene Geschichte wert!

Teddy

Deine Liebe bleibt für immer.
Aber
nur acht kurze Monate durften wir
Dich liebhaben
Wir vermissen Dich unendlich und
unsere Streichelhände sind so leer.
Komm zurück,
wenn Deine Sehnsucht nach   uns
so groß ist wie unsere nach Dir.
Wir werden immer auf Dich warten.

Nachwort

Mit dieser Geschichte mochte ich Sie, liebe Leserinnen und Leser ermutigen, wenn Sie ein Tier zu sich nehmen möchten, sich zu allererst in einem Tierheim in Ihrer Nähe umzusehen. Dort warten so viele wunderbare Hunde, Katzen und auch andere Tiere darauf, ein schönes Zuhause zu bekommen. Sie werden es Ihnen mit Ihrer Liebe und Treue danken.

Herzlichst   Brigitta Rudolf